KB231189

샛별은 태양의 품에 안긴다

샛별은 태양의 품에 안긴다

초판 1쇄 인쇄 2012년 06월 22일
초판 1쇄 발행 2012년 06월 29일

지은이 | 庭仁羊 김훤구
펴낸이 | 손형국
펴낸곳 | (주)에세이퍼블리싱
출판등록 | 2004. 12. 1(제2011-77호)
주소 | 153-786 서울시 금천구 가산동 371-28 우림라이온스밸리 C동 101호
홈페이지 | www.book.co.kr
전화번호 | (02)2026-5777
팩스 | (02)2026-5747

ISBN 978-89-6023-919-7 03810

庭仁羊 김훤구의 제12시집

샛별은 태양의 품에 안긴다

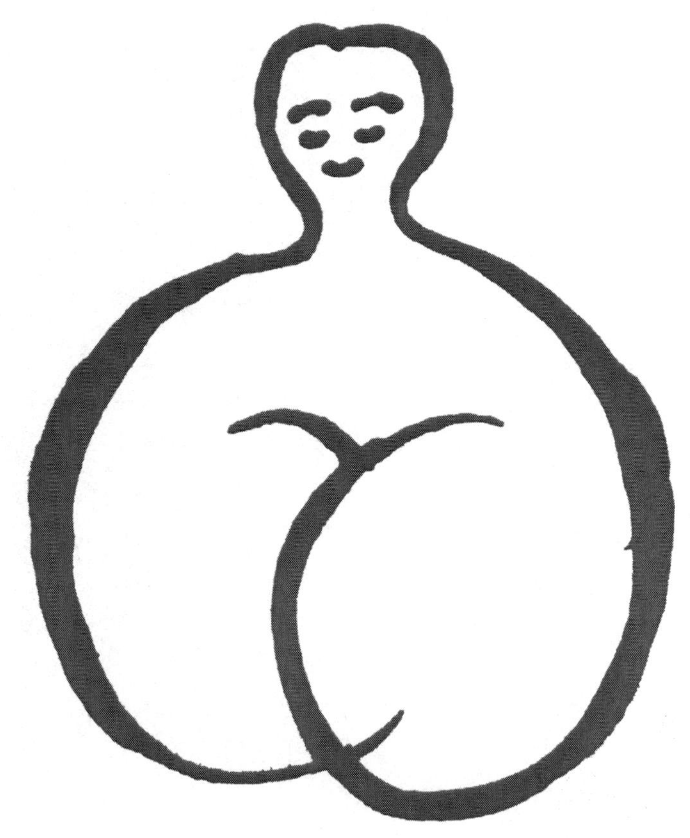

ESSAY

차례

시를 쓰는 사람을

시인이라고 합니다.

시인이라는 말은

시와 인이라는

두 글자로 되어 있습니다.

이 두 글자를 합치면

신이 됩니다.

다시 말해

시인은 신이 되어

모든 현상에서

새로운 의미를 창조해 내

자기가 그려 낸 세상으로

독자들을 안내하고

그 시 속에 펼쳐진

아름답고 감동적인 무대를

열어 보인 것입니다.

한 편의 시 속에서

평소에 느끼지 못한

새로운 별천지를 만나게 하고

처음 보는 명승지로

여행을 떠나게 한 것입니다.

무지개가 떴어도

보아주는 사람이 없으면

있어도 없듯이

다이아몬드가 아무리 크고 빛나도

가치를 아는 사람이 없으면

그것은 하나의 단단한 돌멩이 이듯이

아무리 잘 써진 시라 해도

난해하여 감동을 주지 못하면

어리석고 무식한 독자를

만든 것입니다.

이 한 권의 시집 속에

독자에게 감동을 주는

한 편의 시라도 있었으면 좋겠습니다.

그리하여

시궁창에 핀 연꽃처럼

고해라는 세상에서

아름다운 시의 세계를

만나게 하고 싶습니다.

연꽃에 맺힌 이슬에

하늘이 내려오듯

독자 분들의 감동의 연꽃에

빛나는 다이아몬드이길 빕니다.

이것이 내가

신과 함께 한 증거요

내가 베푼 선물입니다.

석류의 고백

님이여,

옆구리 터

보여드릴게요

유리알 맑은 마음이

혼자 키운 그리움으로

얼마나 붉게 물들었는가를

석류의 고백

알사탕

나더러

이빨도 안 들어가게

단단한 놈이라고

말하지 말라

속삭여 주던

그 혀 위에 올려주고

뜨거운 입술

위아래서 만나면

흔적도 없이

나를 버려

그대 한세상

다디달게 하리라

꽃잎 사랑

보아라,

버림받고 짓밟혀

뼈가 부러지고

살이 으깨지고

피멍이 든 고통에도

짓밟은 발에까지

향기를 나누어 준

꽃잎 사랑을

첫사랑

내가 너를 사랑할 때

네게 죽을 일이 생겼으면

내가 대신

죽어 줄 수 있었다

내가 너를 사랑할 때

내 생명을 네게 주어

네가 두 배로 살 수 있다면

내 생명을 줄 수 있었다

쌍무지개

비 개어 돌아가는 길

맑은 하늘에 무지개 곱거든

나 그대 그리워 흘린 눈물에는

쌍무지개 뜬 줄 아오시라

쌍무지개

홍매향

방 안에 들여놓은
홍매향

님의 미소에도 없던 향기
미치고 반하겠다

문틈으로 새 나오게
한 방 가득채운 향기

선홍빛 젖꼭지를 부풀리고
눈을 문고리에 걸어

새벽까지 알몸으로 뒤척이다가
나를 품어 안은

화분에 옮겨 심은 것 뿐인데
넘치는 사랑이여

신의 노래

아침이슬이 햇살을 만나더니
무지개를 임신했다

조개가 모래알 하나를 품더니
진주를 키운다

돌이 잘리고 깎인 치욕이더니
보석이 되었다

세상은 온통 신의 노래요
잔치다

개나리꽃

개나리꽃에 반해

노랗게 물들어버린 빗방울을

팔베개에 누이고 있는

개나리꽃

빗방울의 배에

귀를 대고 물어본다

첫여름 뻐꾸기 소리가

얼마나 컸는가를

미소에 지은 궁전

그대의 미소 반쪽만 주어도

나는 그 미소에 궁전을 짓고

그대가 주신 고독과 나란히 앉아

떠나는 외로움을 바라보리라

그대의 윙크 하나만 주어도

밝은 무지개 위를 걷고

폭포가 절벽을 타오른 모습을 바라보며

그대 앉을자리 하나 비워 두리라

꽃잎 안주

벚꽃 그늘 아래 술이 넘치니

나보다 더 좋아하긴 꽃잎이런가

백옥 같은 알몸으로 술잔에 뛰어든다

제 몸을 제가 타고

바람을 삿대삼아

술에 비친 산천을 휘돌아본 낭만이여

술잔을 기울이니

꽃잎 안주 따라들어

굴어진 술이 아깝다

똘똘똘

술 넘어간 소리

술잔도 따라 넘어갈라

배꽃

밤에 찾아온 달빛을

낮에도 보내지 못하고

햇살 아래 안고 있는 배꽃

바람이 상처 나랴

가시밭에 놀았다고
바람이 상처 나랴

달이 목욕했다고
샘물이 더러워지랴

그대 내 가슴에 들었다고
가슴이 무거워지랴

손톱

따끈한 우유 한 잔 받쳐 올 때

님의 손톱 초승달인 듯 곱더니

오늘밤 우유잔은 없고

님의 손톱만 조각달로 떴다

편지

당신의 편지를 받을 때에는

향내 좋은 비누로 손을 씻어

향기로운 손으로 받으렵니다

당신의 편지를 뜯을 때에는

당신의 가슴을 여는 두려움으로

편지봉투를 뜯으렵니다

당신의 편지를 읽을 때에는

읽은 편지에다 얼굴을 묻어

그 사랑의 포근함에 눈 감으렵니다

그리고 떨어지는 눈물로

당신이 아파하는 글자들을 지워

그 쓰라린 상처를 지우렵니다

꼭 어젯밤인 듯

바이올린 켠 네 그림자가

창문에 비친 모습을

장대비를 맞으며

바라보고 있었지

흠뻑 젖은 옷으론

들어갈 수 없어서

비 오는 밤길을 돌아왔지만

창문에 비친 네 모습

돌아오는 길을 따라왔지

꼭 어젯밤인 듯

원앙새 사랑

원앙이의

원이는 수새

앙이는 암새

앙이의 신랑은

저렇게 멋있는

원이 뿐이고

원이의 색시는

저렇게 예쁜

앙이 뿐이라

원앙이의 사랑을 질투한 바람이

물살을 일으켜 물에 비친

다정한 모습을 흩으려 놓아도

흐린 웅덩이가

대궐보다 좋은 원앙이 부부는

웅덩이에서 천국의 노래를 본다

밤이 비틀거린다

아래층에서 들리는

여자의 남창소리

억수 비에도 젖지 않는

행복의 신음소리

무아의 경지에서

작사 작곡한 노래

노랫말은 하나지만

듣는 이의 애간장을 녹이는

네 곡을 거푸 부르더니

새벽잠에 팔다리를 던졌나

그 소리에 넋이 나가

밤이 비틀거린다

모텔 방은 도시의 섬

비밀을 벗어던진 나체

문고리에 바다의 깊이를 걸고

홀랑 벗었다

긴 대답

그대 물음에 대한

나의 대답은

짧습니다

그러나 그 대답은

평생 동안 지켜야 할

긴 대답입니다

백짓장 부부

백지 한 장을 집으니

백짓장에도 의리가 있어

두 장이 붙어 나온다

백지로 만나

몸 붙이고 마음 붙여

살아온 한 세상

한 장을 집었는데

두 장이라

비벼서 떼 놓는다

진정한 부부는

한 장에 한 장이 딸려 나온

백짓장이어야 하는데

부부

당신과 내가 만나

살 섞고 살아도

나는 나를 모르고

당신은 당신을 모르지만

나는 당신밖에 모르고

당신은 나밖에 모릅니다 그려

마리 테레즈

마리 테레즈

피카소의 넷째 부인

검은 선을 따라

한 얼굴에 두 얼굴

왼쪽 얼굴은 순결한 백색

오른쪽 얼굴은 사랑이 넘친 분홍빛

저 부드러운 곡선에서 태어난

우아한 마리 테레즈

피카소의 고통을 잠재우고 있다

꿀물 흐르는 몸매여

터질 듯한 입술이여

의자에 앉아 졸 때도

눈감은 유혹이여

잠든 입술위에 입술을 포개다가

살며시 뜬 눈에

들키고 싶다

우는 것까지 예뻐

등에 업고 있기가 너무 아까워

앞으로 돌려 안고 보다가

포대기에서 빼 내

높이 들어올려

침조차 흘린 데도

빨아먹어도 시원찮게 예뻐

볼을 쪽쪽 빨고

꼬집어 울리기도 하고

너무너무 예쁜 것이 얄미워

포동포동한 팔을 물어버려

아기가 우는 데도

우는 것까지 예뻐

껴안고 흔들어 달래면서

우는 아이보고 웃는 것이

왜 이나마 즐겁고

행복할거나

문자메시지

여보, 오늘 저녁은

우리 가족 외식이라오

외식 나갈 때 문자 메시지를 보내겠소

일이 늦어 못 오실까봐

식당에서 다시 보내겠소

그럼 당신은 귀신이 되셨으니

귀신같이 달려와

내 옆에 앉으시구려

나는 상추 잎을 골라 물방울을 털고

노릇노릇 익은 비개와

마늘 한 쪽

된장을 한 점 올려

내 상 왼편에 놓겠소

한 입 드시면서

우리 애들 조잘댄 소리 다 듣고

승천하시구려

문둥이 부부

김신아 정봉희는 노부부

할머니가 중풍으로 쓰러져

국립소록도 병원에 입원

눈만 깜박이고 음식을 넘기는

반사기능 외엔 멈춘 상태

김신아 할아버지는

비가 오나 눈이 오나 오후 2,3시면

지팡이 짚고 병실로 찾아와

쓰다듬어 주고 말도 걸어 주고

하모니카를 불러주다가

먼저 화장터로 갔다

할아버지가 오지 않자 할머니는

입에서 음식물을 밀어냈다

녹음 해놓은 하모니카 소리를 듣더니

식욕을 되찾았다 그러더니

그것이 녹음해 놓은 소리인 줄 알고

음식을 끊어 남편을 따랐다

병은 문둥이어도

사랑은 눈썹 하나도 빠지 않았다

섹시한 눈빛

언덕을 이룬 눈두덩 위엔

무성한 검은 삼나무 숲

위아래 눈썹 사이의 동굴

이글거린 흑점이 있는 태양

사랑하기도 두렵다

태워버릴 것 같은 작열한 눈빛

유혹을 즐기는 것은

신의 유방 사이에 얼굴을 묻는 것

아, 어머니

어머니, 어머니, 내 어머니

기뻐도 내 어머니

슬퍼도 내 어머니

내가 배고프면 당신이 먼저 고프시고

내가 병나면 당신이 먼저 아프신 어머니

내가 슬프면 나보다 더 가슴이 미어지고

내가 기쁘면 나보다 먼저 춤추신 어머니

가까이 있을 때도 난

어머니 가슴에서 살았고

타향객지에서도 난

어머니 가슴에서 살았습니다

자기 가슴이면서도

자기를 위해 애태우신 적 없으시고

자기 눈이면서도

자기를 위해 눈물 흘린 적 없으신 어머니

손금이 다 닳아도

자식 위한 일이라면

기어이 자기가 해야 맘 놓이고

추운 겨울 손마디 벌어져

찬물방울이 칼보다 아프게 시려도

표정엔 상처 하나 없으신 어머니

살아생전 자식위해 애태우신 가슴

원망도 없으신 어머니

당신 위해 해드린 건 겨우 무덤 하나

그 무덤 편안하신지

어머니 마음

양지에서 떨던 햇살도

움츠리고 떠난 밤

불 때놓고 이불 펴고 불 켜 놓았다

꿈이라도 와서 언 손발 녹이고 가거라

연 필

공부가 모자라

불행하면 안 되지

부러질세라

모자랄세라

살 발라 먹이고

뼛속까지 내주면서

검게 타들어간

어머니 마음으로 만든

벌초하는 날

아버지

제가 아버지가 되었는데도

아버지가 그립습니다

보통도 못된 나를

천하의 보물이라

아끼시던 아버지

가슴을 열고

내 괴로움을

먼저 떠맡으시던 아버지

죽으면 귀신 되어

잘 되게 해주고 싶어도

살아가는 것이 죄라

그 죄에 묶이셨을 아버지

오늘은 벌초 날

소주 한 잔

오징어 한 마리를 차렸습니다

흠향하시고

승천하셔서

영생을 누리소서

샛별은 태양의 품에 안긴다

세상은 나를 버려도

나는 세상을 버리지 않는다

도전해보지 않고

포기한 게 비겁이다

늦을 때란 없다

늦을 때가 빠를 때다

위대한 선택을 하리라

나와 가족과 인류를 위한

분명하게 목표를 세우면

신비하게 방법이 나타난다

이것이 나의 한계 파괴요

인생역전이다

비온 뒤에 무지개 뜨고

샛별은 태양의 품에 안긴다

물거품 인생

어쩌다 물에서 태어난 물거품

한줄기 햇살과 인연해

무지개 하나 그리면

어느새 물에서 물로 돌아가고 없는

있는 것도 없는 것도 아닌 물거품

거울을 본다

이 세상에서
나처럼 나를 좋아한
그 사람이 보고 싶으면
거울을 본다

간단하게 살기를 좋아하고
깨끗하게 살기를 좋아하고
욕먹기도 죄짓기도 싫어 해
손해 본 듯 못난 듯 살면서

나를 의지하고
나를 등불삼아
어두운 밤도
밝게 살아가는

천하에 귀한 내 몸도

무덤에 버리기에

화내고 어리석을 일도 없다

누구의 덕을 보고 싶지도 않고

횡재를 바라지도 않는다

내가 존재한다는 사실이 기적이다

범사에 고마워하면서

가장 나를 닮고

가장 나를 사랑한 사람이 보고프면

거울을 본다

어둠에서 태양을 건지는데

칭찬받기 좋아하고

인정받기 좋아하고

사랑받기 좋아하고

베풀기를 좋아한 나

남을 때리고

빼앗고

울리고

두려움에 떨게 하고

눈물을 흘리며

어금니를 깨물며

두 주먹을 말아 쥐어

손등이 눈물에 젖게 했다

이런 괴롭힘이

죄요

감옥이요

지옥인데

공부 못한 애들도

재능이 모자란 애들도

자기가 잘한 것을 잘해

어둠에서 태양을 건지는데

재능은 키우지 않고

스스로 못난 나를 만들어

악마요

저승사자인 나

늦지 않았다

번데기도 나비가 되고

닭대가리에도 볏이 나기에

어둠에 불을 켜리라

상속자

환갑이 넘은 나는
재산을 상속시켜 주는
아버지가 아니다
상속받을 아들이다

내 삶이
남에게
베풀어 살았으면
천국을 상속받을 것이요

내 삶이
남을 억울하게 하고
손해 보게 했으면
지옥을 상속받을 것이다

못나서 행복한 사람

이 세상에 태어날 때

못난 사람으로 태어난 건

얼마나 큰 행복인가

못났기에 뒤에서 조용히 살고

못났기에 낮은 자리에서 땀 흘려 살고

못났기에 몸 아끼지 않고

못났기에 공경하며 살고

못났기에 죄짓기를 무서워하고

못났기에 겸손할 줄 알고

못났기에 자기를 버릴 줄 아는

못난 것은 잘난 것보다 아름답고

못난 것은 부자보다 넉넉하고

못난 것은 왕님보다 자유스럽다

못난 사람으로 태어나

자존심도 없이 살게 한 것은

잘나서 죄짓고 사는 것보다

얼마나 인간적이고 순수한가

사과 두 개

다섯 살 때

아버지를 따라 주막집에 갔었다

아버지는 친구 분과 술을 드시고

나는 이방저방 뛰어다니다가

빈방에 있는 사과상자에서

사과 하나를 빼 먹었다

하도 맛있어서

하나를 더 빼먹었다

도둑질을 한 것이다

술자리가 끝난 아버지께서

배웅 나온 주인에게

"미안해서 어쩌냐"고 빌었다

주인은

"어린 것이 그랬으니 어쩔 거냐"고

용서를 했다

지금 어른이 되었는데도

내 양심을 도둑질한 부끄러움

아무도 모를 거라고 생각해도

주인은 벌써 다 알고 있다

욕을 하면 웃는다

나에게 욕을 하면

웃는다

그 욕보다 더 음흉하고

못된 나를 모른다 싶어서

욕을 하면 웃는다

산 사나이 엄홍길

167Cm의 호리호리한 사나이 엄홍길

에베레스트를 38번 도전해

28번 성공한 등산가

그가 인간의 한계에 도전하여

세계적인 산 사나이가 된 것은

풍채도 가문도 학벌도 아니다

의지와 경험과 지혜를

산과 날씨와 신이 도와

200m 수직 벽으로 지킨

눈사태를 따돌렸다

봉우리를 지키던 만년설도

그의 도전을 허락하여

하얀 속살의 비밀을 내놓고 만다

에베레스트의 위대한 강간 자

에베레스트 높이를 신발 아래 놓은 자

천재는 연습벌레

프리마 발레리나

수석 발레리나

주연 발레리나

강수지

뼈가 튀어나오고

발톱이 뭉개지고

굳은살 옹이가 박이고

발레 외는 생각해본 적이 없는

천재는 태어나는 게 아니다

천재는 만들어진다

다른 사람이 이를 수 없는

경지에 이르도록 연습한

시워드 장관

미국의 시워드 장관은 말했다

나는 눈 덮인 모습을 보고

알라스카를 산 게 아니었습니다

그 안에 감추어진

무한한 보고를 보고 샀습니다

나는 우리시대를 위해

그 땅을 산 게 아니었습니다

다음 세대를 위해

그 땅을 샀습니다

위대한 사람은

낮은 가치에서 높은 가치를 이룬 사람입니다

작은 것을 키워

크게 만든 것입니다

꿈꾸는 자여

오늘의 작은 이익에 연연하지 말고

미래의 가치에 투자하라

너와 나 모두에게 이익이 될

그런 넌

현재를 사는 미래인

죽어도 죽지 않는 인간이 되어

죽은 자가 산자를 살리리라

덩샤오핑

덩샤오핑

150Cm의 작은 키

작은 고추가 맵다

마오쩌뚱은

중국사에 우뚝 솟은 산

지도력과 영도력이 한결같은

저우는 강

부드럽고 융통성 있는 정치로

강이 흐르듯 막힘이 없는

덩샤오핑은 길

중국을 번영의 길로 인도한

흑묘백묘의 지도자

1997년 세상을 뜰 때까지

20년 가까이

중국대륙을 이끈

개혁과 개방으로

오늘의 중국이 있도록

경제발전을 이룩한

최고 권력자이면서도

아래로부터 인민의 소리를 들어

상향식 개혁을 한

착오가 있으면 즉시 중단

타당하면 즉시 시행

철저한 실사구시 정책

자신의 생각을 고집하지 않고

전문가의 생각과 계획을 따른

중국이 용이 되게 한 덩샤오핑

유연한 사고

모나지 않는 대인관계

설득력이 뛰어난 인물

키는 작아도

지혜가 하늘에 이른

진정한 거인

부럽다

인간이면서도

인간을 떠난 지도자

룰라 브라질 대통령

거리가 학교인 소년

아버지는 부두노동자

팔남매 중 일곱째

일곱 살부터 구두닦이

땅콩팔이

공장노동자

스물넷에 꾸린 가정

병든 만삭의 아내

치료도 못 받고 사망

반년을 두문불출

노동활동에 매달린 노동자이다가

대접받는 인간세상을 만들겠다고

노동자당을 만들고 네 번의 도전에 대권

루이스 이나시우스 룰라 다 시우바 대통령

구두통을 대통령으로 바꾼 인간승리자

잡 페린트 씨

세계제2차대전 당시

네덜란드에서

나치의 학살로부터

406명의 생명을 구한

잡 페린트 씨 사망

글쎄 인간은

남의 목숨은 406명이나 구해도

자기 한 목숨을 구하지 못하니까

안데르센

아버지는 구두수선공

어머니는 알코올 중독자

못생긴 외모

아버지에게 시달린 우울증

평생을 사랑했으나

결혼하지 못한 짝사랑

가난에 찌든 가정을

아름다운 감성으로 승화한 안데르센

썩은 거름냄새를

향기로 바꾼 장미랄까

돌을 갈아서 만든 보석이랄까

삶은 못났어도

영혼이 위대한 사람

아인슈타인

알베르트 아인슈타인

네 살 때까지 말을 못했다

일곱 살 때까지 글을 못 읽었다

취리히 폴리크학교에서 쫓겨났다

재입학에 거절당했다

돌을 버려두면 돌이어도

쪼개고 자르고 쪼고 닦으면

보석도 나오고

미녀상도 나온다

사람은 누구나 천재

없는 것이 아니라

자기를 모르고

땀으로 갈지 않을 뿐

관광 자원

유명한 관광지는

미국의 그랜드캐니언도

중국의 장가계도 아니다

오스트리아의

잘츠부르크에 모여든

수백만 명의 관광객

모차르트가 사용한

머리빗

그것을 보려고

야누스 코르작 선생님

삶도 함께

죽음도 함께

이백 명 아이들의 손을 잡고

가스실로 들어가

죽음까지 함께 한

야누스 코르작 선생님

지금은

생사가 없는 천국에서

그 아이들과 선생님

얼마나 즐겁게 공부하고 있을까

조용할 땐 개들의

떠드는 소리가 들릴 듯 하고

그 선생님의 미소가 보일 듯도 하다

홍시가 낳은 감나무

다디단 홍시는

처음부터 홍시가 아니다

될성싶지도 않는 풋감

입 안이 한 짐인 떫은 맛

못나고 못생긴 자신을

원망하지 않았다

이 세상에 온 것만도

하늘의 뜻이다

한줄기 햇살도 고마워하고

한 방울의 이슬도 아꼈다

태풍이 오는 밤을

뜬눈으로 지새우며

초심을 잃지 않으니

단맛으로 변해갔다.

자기 성장을 자기가 도와

자기를 완성하여

주먹이 벙그러진 날

잎 사이에 얼굴을 내밀었다

보기도 좋고

먹기도 좋아

노인 대접도 하고

제상에도 오른다

어떻게 알았을까

어떻게 배웠을까

육신을 보시하면

씨가 파종된다는 것

묘목에 접을 붙여

새로 태어난 어머니가 되고

과수원은 커지고

가지가 휘어진다

한 알의 밀알을 베풀면

백 알의 밀알로 돌아와

맘대로 하라

자유

얼마나 좋은가

전쟁의 등골에서 빼낸

인류의 유산

맘대로 하라

하고 싶은 대로 하라

절대로 이웃을 헤치거나

방해하지 말고

그리 쉽고 간단한데

가슴속에 철조망을 치고

가난과 불행속에서도 전쟁이라

파괴와 살상이다

하늘이 맺어준 인연

아끼고 사랑해도

깜박이는 눈썹 사이에서

사라진 인생

알기나 해

너를 죽여

남을 살려야

네가 산다는 것

너나 잘해

하고 많은 사람 중에

지옥쪽으로 구멍을 판

버러지 되지 말고

작은 애국

땀이 옷에다 지도를 그린다

대형선풍기도 있고

에어컨도 있는데

왜 켜지 않느냐고 불평하니

글쎄 성한 사람은 땀 좀 흘리고

그 전기를 병원

실험실

공장으로 보내야 하지 않겠어요

그래야 환자도 치료하고

산업도 일어서고

하늘이 맑을 게 아니예요

갑자기 입이 없어져 버린다

제3시대

아는가

제3시대

두뇌강국시대

돈 빌린 건 창피하지 않아도

글 모르는 건 창피해

교육 강국을 만들더니

자원빈국이요

분단국이요

자금이 없어도

머리가 창조를 낳고

지배한 분야마다 지도를 넓혀

전쟁 없이 대국을 건설한

두뇌의 영토

쳐들어올 수도

빼앗을 수도 없는

1%를 100%로

100개의 단점 중에

1개의 장점이 있거든

그 1%가 100%가 되게 하라

마치 한 우물을 파

밥하고 빨래하고 목욕하고

화초도 가꾸고 농사도 짓듯이

100개의 단점 투성이라도

절대로 포기하지 말고

1%의 장점에 인생을 걸라

한 개비의 성냥불이

수억 년의 어둠을 쫓듯이

그 1%가 일생을 밝히리라

대장장이

사람은 누구나

자기의 대장간에서

자기라는 연장을 성냥한다

처음부터 날 선 연장은 없다

굴욕의 불에서 달구어지고

억압의 모루위에서 망치질 당해도

서두르지 않고

쉼 없이

힘주어 갈면

나물칼이 면도칼 되듯이

줄기차게 고독하면서

자기 일에 땀을 섞은 사람은

성공한 천재가 된다

누구를 원망하거나

미워하지 말고

대장간에서 땀을 쏟으라

식당에서

상 위에 올라가 뛰고

수저통을 엎고

방석을 널부러 놓고 재주넘는 아이

돌아앉은 젊은 부부는

아이가 남에게 피해를 주건 말건

자기들끼리 얘기만 하고 있다

남을 두렵게 하거나

불안하게 한 것이

죄악이란 걸 모른다

아이의 성장에서

유리조각이 서슬 푸르고

쓰레기 썩은 냄새가 난다

그까짓 것 상 하나

수저통이 몇 푼이나 되겠느냐며

아이의 기를 죽이지 마란다

부모가 무식하다

어려서부터 제멋대로 크면

엄마를 밀어버리고 아빠한테

대드는 막된놈으로 큰다는 걸 모른다

그 아이가 어떻게

사회에 공헌하고

자신과 가문을 일으키겠는가

아이를 키운 부모를 보면

길이 보이고

미래가 보인다

종이를 찢는다

종이를 찢는다

숲의 살이 찢어진 소리

숲의 뼈가 부러진 소리

모래바람이 분다

사막이 쳐들어온다

인간이 살 땅이 없다

지구는 살이 트고

암 덩어리는 불거져

수술대 위에 오른다

종이 한 장 찢는 것이

지구를 죽이고

생매장을 한다

빨래

날씨 좋은 날
빨래를 한다

올실 사이에서
물방울을 골라내는 햇살

옷자락 끝에서
물방울을 털고 있는 바람

피곤해 잠을 자고 나면
마른 빨래를 입고 있는 빨랫줄

찌든 사악한 기운을 몰아내고
새하얀 축복을 받아들인 빨래

햇살, 바람, 빨랫줄
어느 것 하나 나를 돕지 않는 게 없다

전화위복

추석

4박 5일의 연휴

애들이 기르던 애완견

몰티즈와 푸들이 왔다

처음 온 집이라

영역표시 하느라

펴놓은 이불에다

오줌을 쌌다

나무랄 수 없다

화 낼 수도 없다

핑계 삼아 빨았더니

깨끗하다

불행을 행복으로 바꾸는 게

전화위복

이불이 맞선도 보겠다

집

술이 사람을 마셔버려

앞으로 두 걸음 뒤로 두 걸음

아무리 걸어도

제 자리에서 걷는 한밤중

쓰러지지 않고

찾아가야 한다

유자 돈

유자를 팔았다

600만원 계좌에 입금

김매랴

거름하랴

순 따주랴

도장지 쳐주랴 가시밭 작업

땀으로 피로 지은 농사

부정 사기 뒷거래에 의한 돈

6천보다 6억보다 값지다

너무나 신이 나 하는 말

내가 남자라면

각시 열은 얻었을 거요 호호호…

저 소탈하고 거짓 없는 웃음은

재벌의 재산으로도 사지 못할 행복

독 도

도둑질하다 들킨 땅도

자기네 땅이라고 우기는

교활한 무리들

내민 손에 꽃 들고

감춘 손에 칼 들고

예의바른 친절도

예쁜 것이 독버섯

비겁에는 힘이 최고

땀방울에다 국운을 심자

그럭저럭 사랑

돈돈돈돈 하지를 마

돈은 적어도 가진 것은 많잖아

부자도 밥 한 그릇

나도야 밥 한 그릇

너에겐 내가 있고

나에겐 네가 있잖아

비교하면 못난거야

작은꽃도 꽃세상을 만들잖아

보통인 너와 나는

그럭저럭 너와 난

마주보면 꽃이요

바라보면 별이야

이웃사촌

사람들이 무시한

돈도 명예도 권력도 없는

못나고 못생긴 이웃

말벗이 되어주고

부침개라도 나누며

따뜻한 가슴을 느끼게 한

못생긴 나무가 산을 지키고

무딘 칼이 나물을 캐고

초등뿐인 막내가 고기 잡아 효도하듯

별 볼일 없고 무관심했던 이웃이

늙고 병든 나를 보살피니

하나님은 언제나 저렇게

못난 모습을 하고 찾아오시나보다

그 말이 잊혀지지 않는다

그 말이 잊혀지지 않는다

어떤 착한 사람이

저승사자의 안내를 받아

지옥구경을 갔다

끓는 물에 삶아지고

얼음 칼에 찔리고

너무너무 고통스러운

아비규환

불쌍타 불쌍해

단 10분 만이라도

내가 대신할 수 없을까 하고

착한 마음을 내다 눈을 뜨니

지옥이 없어져 버렸다

착한 마음 한 가닥만 내어도

영혼을 지옥에서 구하고

지옥마저 없애버린다는

하늘의 살내음

만족을 알면

나물국 한 그릇에서도

미풍은 속삭이고

하늘의 살 내음이 난다

털도 안 난 벤츠

독일 셰퍼드 회사가

셰퍼드 순종을

세계에다 팔아서 번 수익이

벤츠 판매 수익을 능가한단다

비싼 은행 빚으로 공장 짓고

노조에 시달리지 않아도

셰퍼드 다리 사이에서

털도 안 난 벤츠가 나온다

참 이상하다

사람들이

셰퍼드 사타구니에서

벤츠를 뽑아낸다

여위고 굽은 나무

등산이다

오르기는 힘들고

내려오긴 쉬운 줄 알았는데

내려오기도 힘들고 위험하다

발을 헛디뎌 내달리는데

멈출 수가 없다

잡을 게 없다

여위고 굽은 나무가

손을 잡아 주었다

헬리콥터가 뜨지 않아도 된다

병원에 입원하지 않아도 된다

애들이 휴가를 내지 않아도 된다

병신 될 몸을 상처 나기도 전에

고쳐 준 자격증도 없는 명의다

세상 어느 것 하나

그냥 있는 게 없다

쓸데없는 게 없다

크면서 변하면서

기회를 찾고 있다

연탄장수네 가족

아빠는 끌고

딸아이는 밀어주는

연탄장수네 가족

"아가, 나는 넉 장씩 나를 테니

너는 두 장씩만 날라라"

연탄가루 속에서도 하얀 사랑

달동네 창고마다

겨울을 쫓아낼

검은 태양을 채우며

웃고 사는 가족

붕어

겨울 붕어를 세 그릇을 샀다

밤사이에 해감 시키려고

큰 통에 맑은 물 채워 풀어 주었더니

한 데 모여서

내일 죽더라도 행복한 모습이다

저렇게 살기를 좋아한 생명을

배를 째고 창자를 긁어내고

맑은 물에 헹구어

무 깔고 마늘 다져 넣고

고추장 풀고 소주 간장 부어

뼈가 버금버금할 때까지 끓여

화탕지옥에 보낸 것을

붕어

어금니로 질근질근 씹어댄 것이

너무나 잔인해서

아침 일찍 저수지에다 풀어주었다

72마리

왜 내게 부모님을 주셨는가

왜 내게 부모님을 주셨는가

왜 내게 형제들을 주셨는가

왜 내게 아내와 자식을 주셨는가

왜 내게 이웃을 주셨는가

부모님을 섬겨 효도의 업을 쌓고

형제간에 화목해 우애의 업을 쌓고

아내와 자식에게 사랑의 업을 쌓고

이웃에게 정리의 업을 쌓아

부모님이 이루어주고 싶었던 세상을

내가 대신 이루어

살아서 축복받고

죽어서도 좋은 나라에 드라고

부모 형제 아내 자식을

선업의 땅으로 주셨으니

밤낮으로 돌보아

풍년농사 지으리라

중환자실에서 물어 보세요

일어나고 싶을 때

일어날 수 있는 것도 축복입니다

혼자서 화장실에만

다녀올 수 있어도 축복입니다

찬물에 말은 밥 풋고추에 된장이라도

맛있게 먹으면 축복입니다

갈증 날 때 큰 사발에 넘친 막걸리를

단숨에 따른 것도 축복입니다

불을 끄고 깊은 잠을

잘 수만 있어도 축복입니다

길가에 핀 꽃을 무심히

바라볼 수 있는 것도 축복입니다.

우리는 축복에 싸여 있습니다.

물고기가 물을 모르듯이

있는데도 알지 못할 뿐

지팡이 구멍에서 태어난 도시

엘지아 부피에는 알프스의 가난한 양치기

밤에는 촛불 아래서 성한 도토리를 고르고

낮에는 지팡이 끝으로 낸 구멍에 도토리를 심어

수백 헥타르에 이르는 참나무 숲에

인구 삼만의 도시를 이루었다

일상의 가장 쉬운 일을 찾아내

한 톨 한 톨 실천하니

황무지에

풍요의 땅이 이사 와

지팡이 구멍에서 도시가 태어났다

사과나무를 배우라

침략자여

사과나무를 배우라

공설운동장을 공동묘지로 만들고

살기 위해 죽음을 택하고

평화를 위해

전쟁을 한다는

뿌리내린 곳에 평화의 나라를 만들고

기도하는 몸짓으로 하늘을 우러르며

목표를 정하고 자기를 완성하여

황혼 빛은 고운 때깔로 익고

서릿발 하얀 속살엔

향기로운 단물 넘친다

사과 대신 대포알이

열리기를 바라지 않는다

사과나무에 배가

열리기를 바라지 않는다

사과나무는 어디까지 탐스러운 사과를

가지 휘게 익히고 싶을 뿐

천고마비

맑은 바람이 닦아 놓은 하늘에 대고

너무 크게 웃지 말라

푸르름에 금갈라

풀 뜯는 말 가까이 가지 말라

엉덩이 털에서 미끄러진 햇살

다리 부러질라

죽은 붕어

강물

쓰레기더미

죽은 붕어

퉁퉁 부은 몸

일어선 비늘

썩어가는 눈

물 위에 떠있는

죽은 붕어는

누구의 미래인가

바위에 내린 꽃잎

바위에 내린 꽃잎

그 부드럽고 고운 발로

사뿐히 밟아 내리면서도

꽃잎은 고민한다

바위가 놀라면 어쩌나

떨어진 자리 멍들면 어쩌나

흔적 남아 더러우면 어쩌나

오래 머물러 피해를 주면 어쩌나

바위는 등을 내주고

꽃잎은 말타기를 하는

그 재미난 놀이를 보려고

석양빛이 기웃거린다

고흥사람

한강물을 다 퍼부어

몸을 씻어도

나는 고흥사람

우주선을 타고

우주를 날아도

나는 고흥사람

가는 곳마다 나라 있고

가는 곳마다 사람 살아도

내게 생명을 주고

영혼의 안식마저 주는 땅은

이 세상에 오직 하나

고흥 뿐

넙치

보고 보고 또 보고

자면서도 눈뜨고 보다가

더 보고 싶어

눈이 이사 간 광어

바닥에 엎드려

입 비틀고 말없이 살아도

보고 사니 즐거워

굶어도 살찐 광어

장기산 편백 숲

장기산 편백 숲

잎의 옆구리에서 태어난

피톤치드

청록 빛 날개로

폐부의 안방으로

떼지어 들어와

숨결을 빨래하고

피를 헹군다

세포는 젊어지고

생명은 새순이 돋는다

소록도에 온 안개

참 신비하다 안개는

부드러운 가슴을 내밀어

소록도를 품는다

안개는 산중턱에 머물러

산정이 구름위에 솟아

낮은 산이 구름보다 높다

안개가 자욱한 날

숲은 안개의 입술에 눈 감고

사랑은 옛이야기처럼 아늑하다

짧은 꼬리를 털고 있는

새끼사슴 털에다

하얀 무늬를 새기고 있다

겨울 창가에서

떨고 있는 햇살이

부러운 시선으로 들여다 본

남쪽 창문을 열고

무심히 밖을 내다본다

소록도 철선이 선창에 닿더니

발판 내린 소리가

빙벽 무너진 소리를 한다

바쁜 사람들이 달려가 택시를 탄다

맨살로 달려온 북서풍이

팔뚝의 솜털을 세운다

창문을 닫는다

뒤따라오던 소음이 문에 치인다

고흥김치

탐진 무 잎을

소금에 절여

맑은 물이 줄을 타게

헹군다

젓갈을 뺀

밥 풋고추 마늘을 갈아 넣고

다시마 멸치 삶은 물에

담그어 삭힌다

정성이 모자란 듯

맛이 별로일듯 해도

산골 처녀처럼

꾸밈이 없다

하루정도 삭히면

체면 차릴 것도 없고

눈치 볼 것도 없이

김칫국을 입에 머금고 싶다

우리가 사는 동안

시시한 음식도

품바타령처럼 맛깔난

소중한 문화유산이다

한 번 가보고 싶다 봉평에

구수한 콩물에서 건져 올린

긴 생명줄 메밀국수

허생원 아들 동이는

국수를 먹었을까

물방앗간 당나귀는

크고 힘찬 양물을 내놓고

배만 치다 말았을까

한번 가보고 싶다 봉평에

본래 있다

양초에는 본래

불이 있다

불을 붙이기만 하면 된다

자기를 태워

영생을 구한다

향에는 본래

향 내음이 있다

피우기만 하면 된다

바람이 구름을 걷어내듯

악업의 냄새를 지운다

중생에게는 본래

부처가 있다

깨우치기만 하면 된다

시간과 공간의 벽이 무너져

걸림이 없다

원수를 사랑하라

배신하고

빚지게 하고

차마 못할 짓 한 놈을

용서하라

분노에 떨고

잠을 이룰 수가 없고

목이 차오르고

얼굴이 수척해지리라

원수를 사랑하면

원수가 용서 받는 게 아니라

원수를 미워한 내가

미움의 고통에서 구원받는다

작은 자존심 버려

손을 내밀라

웃으면서 싸운 사람은 없다

너는 구원 받는다

베드로

바티칸시국

교황청 정문에서 왼쪽

천국의 열쇠를 든 베드로

천국의 열쇠는

베드로가 가진 게 아니다

각자 자기가 가지고 있다

생각과 말과 행동으로

감동을 주면 이웃의

가슴에 있는 천국이 열린다

나무 의자

의자에 앉아 있다

의자의 피가

뼛속에서

낚시질을 한다

낡은 의자의

허리는 삐거덕거린다

혈색이 좋지 않아도

쓰러지지 않는다

천둥번개에도 놀라지 않는다

태풍도 무시한다

무서리에도 걱정이 없다

수도관이 터져도 떨지 않는다

죽어서도 살기 위해

끝까지 가난했다

가진 것 외엔

가진 게 없다

넘치지는 않아도

부족하진 않았다

나눠주진 못해도

빼앗지는 않았다

서 있다가 쓰러지면

난로에 들어가

떨고 있는 태양을 녹이고

손에 나온 심장을 따뜻하게 한

동전 한 닢

플라스틱 밥그릇을

길바닥에 놓고 앉은

불쌍한 노부부

그 속에 던져 준

동전 한 닢이

재산의 전부인

생명

힘

동전 한 닢만큼 더해지길

오, 착한 부부여

동전 한 닢으로

내가 선업을 짓게 한

동전 한 닢

햇살의 붓

햇살의 신비로운 빛

사과 하나를 그려도

껍질엔 황혼 빛이 번지고

속살엔 하얀 첫서리가 서리고

씨는 어둠의 커튼을 내린

한 해를

하나의 사과에 담아 놓으니

접시 위에 놓여

목욕탕에서 막 나온

탱탱함이여

베어 먹으면 죄가 될 거나

사과가 아파할 거나

입에 넘치는 단물

생비디오로 그려낸

햇살이여

세상살이

세상살이
장난기가 많고
유머러스하다

받고 싶으면 주고
비우면 차오르고
나를 잊어야 나를 안다는

가래침덩어리

새벽 가로등 먼 빛에서 줍는 쓰레기

희끄무레한 덩어리가 있어

밟힌 껌인 줄 알고 집었더니

물컹한 가래침덩어리

더럽다

더럽혀진 손을

물로만 씻었는데

오늘은 비누로 씻자

가래침도 씻어내고

끼었던 때도 씻어내자

손에서 비누향이 난다

이쯤되면 가래침도 무참하지

가래침을 뱉어서 내게

깨끗이 한 복을 짓게 해준

그 사람에게도

축복을

짜장면 배달원

개는 짜장면 집 배달원

학벌엔 교문이 없다

입과 머리와 가슴이 교과서인

현장학습이다

동네 골목골목 어제 이사 온 집까지

속속들이 아는 게 지식이요 재산이다

기다리지 않게 하고

퍼지지 않게 하고

빈 그릇은 언제 가져간 지도 모른다

그가 받은 짜장면 값은

봉급을 낳는 암탉이요

통장에 든 미래다

선물을 받은 듯 공손하고

재산을 살찌게 해주서서 고맙단다

한 그릇이나 열 그릇이나

똑같이 친절한 개의 철가방과

맑은 피와

부지런한 땀방울은 보석이다

다문화시대

함께 어울려

아름다운 꽃밭

키가 크나 작으나

붉은 꽃이나 흰 꽃이나

향기가 있거나 없거나

서로가 인정하고 간섭하지 않는다

못나고 잘난 것도

예쁘고 미운 것도

오래 핀 꽃도

금세 지는 꽃도

따지지 않고

구별하지 않는다

같은 땅에 뿌리내려

격려하고 칭찬한다

못난 내가 있어

잘난 네가 있다

향기 없는 내가 있어

향기로운 네가 덧보인다

서로가 다르니까 좋단다

만나서 반갑단다

함께 살아가고

더불어 살아가는 꽃밭

간섭하지 않는 이웃사촌이요

따지지 않는 게 사랑이다

심는 것마다 백합이요

피는 것마다 장미라면

눈 시린 목련은 어느 꽃봉에서 보며

매화 향은 어디서 감상하며

사과는 어느 가지에서 익고

아카시아 꿀은 어느 꽃에서 딸 것인가

다문화시대

인간의 꽃밭

꽃들은 꽃밭을 이루는데

인간인들 못하랴

금붕어는 미꾸라지와 함께 살고

태양빛은 혹성인 지구를 찾아온다.

가까이에 독수리가 있다

종이 일 톤을 생산하려면

다른 자원 구십팔 톤이 들어간다

함부로 찢어버린

종이 한 장

지구는 벌거숭이

사막은 영토를 넓히고

산소는 숨이 차고

물은 고향을 잃는다

지구는 쓰러진다

인간은 죽은 젖꼭지를 빨다가

자기의 그림자를 지우리라

가까이에 독수리가 있다

학도병 생존자

아버지는 총살당하고

어머니는 그 충격에 죽고

공부보다 조국을

구해야했던 학도병

백두산까지 전진했어도

조국의 풀이나 한 번

잡아보고 죽었으면 좋겠다

싶었습니다

작은 산 하나를

빼앗기지 않으려고

백 명이 넘게 전투에 지원하면

생존자는 겨우 여남은 명

배에 총구멍이 나고

창자가 쏟아져 나온

전우의 시체를 뛰어넘고 다녔으니

다리의 총상은 상처도 아닙니다

살아 있는 것도 부끄러워

그때의 그 산에 올라가

무덤 없는 전우에게

술을 붓습니다

전사자 이태윤

6·25 전쟁이 휴전된 지 50년

비무장지대 백석산에서

제대도 하지 않고

뼈로 조국을 지킨 이태윤

Lee Tae Yoon 이라 쓴

미제 군용스푼을 담고

칠사단 칠성마크를 달고

M1 소총과 실탄 50발을 가지고

조국을 뼈로 지킨 유해

뼈는 말한다 나를 찾는

유족이나 친지가 나타나지 않아도

뼈를 찾아 줄 동포가 있고

죽어서도 지킬 나라가 있어

청춘이 해골 되어도

후회 없다고

청춘이 해골 되어도

후회 없다고

엔도 미키

미야기 현

미나미산리쿠 마을

동사무소 위기관리과 직원

엔도 미키

"빨리 도망가세요

6 미터 높이의 파도가 오고 있습니다"

주민들을 살리고자

마이크를 잡고 외쳐대며

자기는 피하지 못하고

25세의 꽃다운 나이에 최후를 맞은

직급이 낮은

말단 동사무소 직원이 아니라

주민을 위해

자기 책임을 끝까지 수행한

공인

공직은 승진이나

부정을 일삼는 의자가 아니다

주민의 생명을

끝까지 책임진 자리

목숨을 내주면서까지

자기 책임을 다한

위대한 삶의 자리

하늘 아래 높은자리

이렇게라도 돌아와 줘서 고맙다

2011. 3. 11 동일본 대지진

오카와 초등학교에 다닌 딸

하라쓰카 고하루는 12살

108명 중 70명 사망

실종 4명 중 하나

딸이 아끼던 양말과 장화를 신고

고하루를 목이 터져라 불러도 헛일

사고 후 100일

엄마 나오미

중장비 자격증을 획득

이시노마키에서 굴착기 작업 중

딸은 죽어서도 대답했는가

2011. 8. 9일

오카와 초등학교에서

5Km 떨어진 곳

신원미상 시신 발견

시신이 입고 있는 포개 입은 내의

고하루다

나오미 부부는

시신의 일부를 옮겨와

하룻밤을 같이 보냈다

내 딸아,

이렇게라도 돌아와 줘서 고맙다

빗방울

차가운 손으로

유리창을 두드리다 떠난

빗방울을 바라본다

나도 언젠가는

생명의 창을 두드리다 떠난

빗방울이리라

정직한 주인

닫힌 문에 써 붙인 글은

내부수리 중이 아니다

국물에서 행주조각이 나와

15일간 영업정지입니다

조심하겠습니다

찬물도 씻어 쓰겠습니다

동국공정

중국 지도에다

대한민국이라 써 놓으면

중국이 대한민국이 될 거나

남대문에다

천안문이라 써 놓으면

남대문이 천안문이 될 거나

자기들의 역사를

자기들이 짓밟는

가소로운 수작들

내 가진 것 나눠주면

유엔군이 아니어도

평화는 절로절론데

왜 강도질부터 모범을 보일까

그렇게 야만적이니

지하에서 부끄러운 공자

게 공화국

옆걸음 치며 살아도

게네 육법전서엔

법이 한 줄도 없다

죄도 지옥도 없다

뻘밭은 게판이어도

남을 간섭하거나

해친 적이 없어

생업이 오락이다

뻘밭엔

시위도 선거도 없고

경찰서 법원 정통부는 물론

전쟁은 단어조차 없다

저마다 국민이요

저마다 대통령

평화는 뻘밭 가득

자유는 구멍마다

거북이

케네디우주센터에서

발사될 예정인

미국 우주왕복선

인데버호의 앞을

거북이 한 마리가

지나가고 있다

거북이는 생각한다

인간은 낮도깨비

이 아름다운 별 지구를 살려

생명을 가꾸고

살아가는 게 즐거워

서로가 아껴주면 되지

밟고 선 땅도 가꾸지 못하고

자기 자신도 정복하지 못하고

자기가 무엇인지도 모르면서

우주를 정복한다며

가난과 질병에 쓸 돈을

연기로 날리고 있다고

아무리 잘살아도

한 끼 한 그릇 밥이요

제국의 황제가 되어도

한 평의 잠자리인데

가슴안의 한숨도 지우지 못하면서

우주의 속살을 만지겠다는 인간들

현충일

6월 6일 현충일

국립묘지

자식의 묘비에

윗도리를 덮어주신 어머니

비석에 새겨진 이름도

감기 들면 어쩌나

살아도 내 자식

죽어도 내 자식

무덤 속에서 눈 깜박이며

얼마나 기다렸을까 어머니를

어머니는

걸어 다닌 국립묘지

이승과 저승이

눈물 속에서 만난 현충일

독재자의 말로

핵을 보유한 정권이라도

수천 명의 정적을

감옥으로 지옥으로 보내고

자국민을 전투기로 살해한 독재자

전기도 물도 없는 파괴된 집에서

훔쳐온 양식으로 연명하고

시민군에게 쫓기다가

하수도 구멍에서 잡혀 나온

자기가 쥐새끼라고 멸시하던

시민군에게 사살되니

그 시체를 정육점 냉장창고에 두고

시민의 구경거리가 된

아들의 죽음과 함께 있는 시신

악취가 심해 여인들은

히잡으로 코를 막고

눈만 깜박이며 바라본다

권력욕과 명예욕이

얼마나 심하게 부패하며

악취가 심한가를 보여준

독재자의 최후

담쟁이

희망은 절벽이요

삶이 메말라 있어도

그 벽이라도 고마워

자기를 이끌고 전진한다

줄기가 있어도 오르지 못할

벽을 채워 번창한다

벽이 있어 즐거웠기에

힘든 줄 모르고 살다가

가을을 물들인 담쟁이 잎은

한세상이 아름답단다

달팽이 나들이

달팽이의 외출이다

느리게도 걸어간다

새벽부터 해거름까지

풀잎 한 장을 다 못 간다

그렇게 살아도

한없이 은혜로우니

하늘빛이 쌓인 풀잎에서

천국을 만난단다

이 사

오는 사람

가는 사람

하루면 되지만

머리가

가슴으로 이사 오는 데는

평생 걸린다

별천지

내가 사는 이 지구는

얼마나 아름다운 별인가

내가 나를 떠나면

별천지다

산정엔 흰 구름이

다리 뻗고 쉬었다 가고

풍란의 향기는

안개의 등을 타고 골짜기를 떠돈다

샘물의 맑은 눈은

새벽의 여명에서 아침을 찾아낸다

꽃봉의 분홍빛 가슴에서

눈을 뜨는 아침이슬